L'AMI BONTEMS,

OU

LA MAISON DE MON ONCLE,

VAUDEVILLE EN UN ACTE,

Par MM. Théaulon et Mélesville;

Représentée, pour la première fois, à Paris, sur le Théâtre des Nouveautés, le 5 octobre 1827.

PARIS,

CHEZ BARBA, ÉDITEUR,

COUR DES FONTAINES, N. 7,

ET AU MAGASIN DE PIÈCES DE THÉATRE,

AU PALAIS-ROYAL, DERRIÈRE LE THÉATRE FRANÇAIS.

1827.

PERSONNAGES.	ACTEURS.

M. RAYMOND, propriétaire et ancien em-
ployé............................... MM. Rogy.
CHARLES, son neveu, musicien......... Vernet.
BONTEMS, poète, ami de Charles...... Philippe.
ALBERT, peintre, *idem*................ Albert.
DUBOURGET, marchand............... Préval.
PINCEFORT, huissier................ Émile.
VENTRE-A-TERRE, cocher de fiacre.... Bouffé.
ADELINA, nièce de M. Dubourget, et
amante de Charles.................. Mlles Laurence.
JULIENNE, domestique de M. Raymond. Adèle.
Plusieurs Amis de Charles.
Promeneurs.

(La scène se passe dans un village près de Paris.)

IMPRIMERIE DE DAVID, BOULEVART POISSONNIÈRE, N° 6.

L'AMI BONTEMS,

ou

LA MAISON DE MON ONCLE,

VAUDEVILLE EN UN ACTE.

(Le théâtre représente l'intérieur d'un jardin; à droite de l'acteur une maison bourgeoise et des bosquets : à gauche un petit pavillon faisant avant-corps; dans le fond un mur avec une grille servant d'entrée.)

SCÈNE PREMIÈRE.

CHARLES seul. *Il revient de la chasse et entre par la grille. Appelant.*

Julienne! Julienne!.... *(Il pose son fusil et sa carnassière sur un banc qui est contre la maison.)* Enfin, voici le jeudi de retour!... le seul jour de la semaine où mon oncle me permet de recevoir et de fêter à sa maison de campagne quelques bons amis que je ne peux plus aller voir là-bas et régaler le matin au café de Paris, et le soir chez Véfour... Il est d'une sévérité, mon oncle!... exiger que je passe au moins une année à la campagne, avant de vouloir payer mes dettes; heureusement je trouve de tems en temps le moyen de m'échapper pour en aller faire de nouvelles. Julienne! Julienne! voyez si elle viendra.

SCÈNE II.

CHARLES, JULIENNE.

JULIENNE.

Me v'là, monsieur Charles, me vl'à!

CHARLES.

Ma petite Julienne, tu me parais avoir oublié que c'est aujourd'hui jeudi?

JULIENNE.

Oh que nenni! monsieur; c'est un jour qui me fait trop
endêver pour l'oublier.

CHARLES.

Ah! ah!.. et pourquoi, je te prie!

JULIENNE.

Pourquoi? pourquoi?.... parce que c'est un jour de dé-
solation pour moi, et que vos amis me font tourner la tête;
ils veulent tous m'embrasser, quoi! et à tout moment.. Il
n'y a pas moyen d'être tranquille quand ils sont ici.

AIR : *Vaudeville du Déjeûner de Garçons.*

Des caves jusques aux greniers,
Chacun me poursuit, me lutine,
Ou, pires que des écoliers,
Ils touch'nt à tout dans ma cuisine :
Nos plats, nos verres, tout y va...
Leur tête, leurs mains, rien n' se r'pose;
L'buffet par-ci... Julienne par-là...
Ils finiront, vous verrez ça,
Par casser chez nous quelque chose!

CHARLES, *prenant Julienne par la taille.*

Voyez-vous les coquins!.. embrasser cette petite bonne,
c'est fort mal, cela.

(*Il l'embrasse.*)

JULIENNE.

N'est-ce pas, monsieur? et pourtant ils sont bien aima-
bles; M. Albert, surtout, qui a fait mon portrait dans la
cuisine avec un charbon, que tout le pays me reconnaît....
et puis ce gros joufflu, qui chante toujours.

CHARLES.

L'ami Bontems! c'est un bon vivant celui-là!

JULIENNE.

Est-il gai! est-il gai!... Et comme il boit le vin fin de
votre oncle ; aussi le cher homme fait une grimace quand
le Champagne arrive.... Mais c'est égal, monsieur, je
vous prie de faire la morale à vos amis ; ce n'est pas que
je tienne à un baiser de plus ou de moins, mais si ça ve-
nait aux oreilles de mon amoureux, il ne voudrait peut-
être plus m'épouser.... les hommes, c'est si ridicule.

CHARLES.

Ton amoureux! Oui, tu m'en a déjà parlé ; il paraît
que vous n'avez rien à vous deux?

5 .

JULIENNE, *soupirant.*

Hélas! pas davantage.

CHARLES.

Et que fait-il ton amoureux?

JULIENNE.

Dam! il a essayé de tout sans réussir à rien.

AIR : *Vaudeville de l'Homme vert.*

Il est né sous un' mauvais' lune,
Et j'crains qu'il ne perde ses pas;
Pour arriver à la fortune,
Il a fait plus de dix états!...
On dit qu'tout chemin mène à Rome;
Pourtant maintenant le voilà
Cocher de fiacre, et le pauvre homme
N'en va pas plus vite pour ça.

CHARLES.

C'est peut-être un mauvais sujet, qui mange tout?

JULIENNE.

Oh! non, monsieur... J'croirais plutôt qu'il le boit,
c'est le seul défaut que je lui connaisse, à ce pauvre Ventre-à-Terre.

CHARLES.

Ventre-à-Terre! Beau nom pour un cocher de fiacre.
(*Apercevant Raymond qui sort de la maison.*) Mais
voici mon oncle.

SCÈNE III.

LES MÊMES, RAYMOND.

CHARLES.

Est-ce que vous sortez, mon oncle!

RAYMOND.

Oui, monsieur, j'y suis forcé.... Il faut que je me rende
à Paris, pour une liquidation importante, qui me retiendra
peut-être toute la journée.

CHARLES.

Comment! nous n'aurons pas le plaisir de dîner avec
vous? mes amis vont être désespérés; vous savez combien
ils vous respectent, ils vous aiment.

RAYMOND.

Oui, mon vin, surtout.

JULIENNE, *à part.*

Il a toujours son vin sur le cœur.

CHARLES.

Ils ne le respecient pas du moins.

RAYMOND.

Je m'en aperçois..... Mais enfin je ne veux pas attacher trop d'importance à cela ; je dois m'estimer trop heureux de pouvoir vous rendre sage à ce prix. Certes, j'ai la plus belle cave de tous les propriétaires du pays, mais je la donnerais jusqu'à la dernière bouteille pour vous rendre raisonnable.

CHARLES.

Il vous en coûterait moins, cher oncle, de payer toutes mes dettes.

RAYMOND.

Oui, si je les payais aujourd'hui, vous en feriez d'autres demain.

CHARLES.

Cher oncle, vous ne le pensez pas ; mais me défendre d'aller à Paris pendant un an, lorsque nous en sommes si près, c'est le supplice de Tantale ; d'ailleurs, vous m'avez fait perdre ma place de musicien à l'Opéra.

RAYMOND.

Tant mieux ; c'est là que vous avez fait toutes vos folies ; enfin, c'est la seule condition que j'aie mise au pardon de vos fautes... Vous devez vous soumettre. (*à part.*) Il ne sait pas que le motif qui me fait agir ainsi, c'est l'espoir qu'il oubliera certaine amourette....

CHARLES, *à part.*

S'il savait que je vais à Paris toutes les nuits.

RAYMOND, *regardant l'heure à sa montre.*

Mais l'heure m'appelle chez mon notaire... Julienne, je te recommande la maison ; mais que les amis de Charles ne manquent de rien.

JULIENNE.

Soyez tranquille, monsieur.

CHARLES.

Au revoir, mon cher oncle.

RAYMOND.

A ce soir, mon neveu.... Charles, je suis content, très-content de vous. (*A part.*) Je ne viendrai pas sans avoir payé ses dettes.

(Il sort.)

SCÈNE IV.

JULIENNE, CHARLES.

JULIENNE.

Vous pouvez vous vanter d'avoir la meilleure pâte d'oncle... et riche ! avec ça garçon, et pas d'héritiers de contrebande.. tout est pour vous.

CHARLES.

Aussi, je le jure bien, je ne lui ferai plus de chagrin ; et si je pouvais lui cacher la lettre de change que j'ai contractée depuis que je suis ici ! Heureusement mon créancier ne sait où me prendre.... Mais qu'entends-je ? (*Il va vers la grille.*) Eh ! ce sont nos amis qui arrivent de Par s en fiacre !

SCÈNE V.

LES MÊMES, ALBERT, TROIS AUTRES CONVIVES, ensuite VENTRE-A-TERRE.

CHOEUR.

AIR : *Vive un bal champêtre.*

Vive la campagne,
Pays de Cocagne,
C'est là que l'on gagne
Appétit, gaîté,
Santé !

ALBERT.

Ici l'on oublie
L'ennui des lauriers,
Les traits de l'envie
Et ses créanciers.

TOUS.

Vive la campagne, etc.

ALBERT.

Vive la joie ! bonjour, Charles.

CHARLES.

Arrivez donc, traînards !

ALBERT.

C'est que nous avons pris un fiacre pour venir plus vîte, et ça nous a retardés... Enfin voici toujours l'avant-garde ; eh ! cocher, ma boîte de couleurs, mes pinceaux.

VENTRE-A-TERRE, *entrant.*

Les v'là, not' bourgeois, les v'là !... On dirait d'une bo te d'allumettes.

JULIENNE, *le reconnaissant.*

Tiens, c'est vous, monsieur Ventre-à-Terre?

VENTRE-A-TERRE, *de même.*

Mam'zelle Juliennue ici!

(*Il laisse tomber la boîte.*)

ALBERT, *au cocher.*

Eh bien! veux-tu donc prendre garde à ce que tu fais?

VENTRE-A-TERRE.

Pardon, excuse, not' bourgeois; mais, voyez-vous, c'est l'émotion du saisissement de la sensibilité en reconnaissant mon objet. (*A ses chevaux.*) Ho donc! l'Efflanqué, la Giraffe! (*Se retournant.*) C'est mes bêtes, messieurs, sans vous commander.... deux fiers arabes... sauf vot' respect...... un peu essoufflés pour le moment; et si j'avais là un verre de vin.... ça leur ferait fameusement du bien!

TOUS, *riant.*

C'est juste!

CHARLES.

Allons, Julienne, verse à ce brave homme!

JULIENNE.

Ben volontiers; attendez une minute, monsieur Ventre-à-Terre.

ALBERT.

Quelle journée, mes amis; allons-nous nous en donner! j'ai apporté ma palette et mes couleurs, pour saisir quelques bonnes caricatures.

JULIENNE, *revenant avec une bouteille et un verre.*

Tenez, monsieur Ventre-à-Terre.

VENTRE-A-TERRE.

En vous remerciant, mon Eurydice.

ALBERT.

Mon Eurydice...... Peste! il a de l'érudition, ce compère-là.

VENTRE-A-TERRE, *après avoir bu.*

J'crois ben. (*A Julienne.*) Sans vous commander, mam'zelle, encore un tour de roue. (*Aux autres.*) Tel que vous m'voyez, mes bourgeois, je n'ai pas toujours eu l'étrille à la main et la pipe à la bouche; j'ai servi des gens d'esprit, moi; et il m'en est resté une facilité d'inlocution.

ALBERT.

Tu as servi des gens d'esprit?

VENTRE-A-TERRE.

Et d'solides encore : monsieur Bontems, le poëte pour l'opéra. Oh ! il m'était bien attaché, monsieur Bontems; il m'a chassé au bout de huit jours.

TOUS.

De huit jours !

VENTRE-A-TERRE.

Oui, mes bourgeois, sous prétexte que je n'savais pas l'service... J'l'ai regretté, parce que quand on a fréquenté les savans, on a de la peine à vivre avec les bêtes.

JULIENNE.

Monsieur Bontems! Ah bien! par exemple, si j'avais su cela, lui qui vient toujours me pincer le menton.

VENTRE-A-TERRE.

Hein! mam'zelle.... (*A ses chevaux.*) Ho! la Giraffe! veux-tu te taire, grande haridelle! (*A Julienne.*) Dites-donc, princesse, vous m'êtes fidèle, sans vous commander?....

CHARLES.

Eh! sans doute, sois donc tranquille. J'ai même promis de fournir aux frais de votre noce, car tu n'es pas en fonds, je crois?

VENTRE-A-TERRE.

Dam! not' bourgeois, beaucoup d'amour et trente deux sous la course, ça n'peut pas m'ner loin; avec ça ces coquines de fourrages sont si chères, elles sont hors de prix.. Douze sous une malheureuse bouteille de vin !

ALBERT.

C'est bien, c'est bien, nous causerons de tout cela.

CHARLES.

Tu viendras nous reprendre ce soir.

ALBERT.

A onze heures.

VENTRE-A-TERRE.

Oui, not' bourgeois.

JULIENNE.

Comment, monsieur Ventre-à-Terre, vous ne restez pas? il y a si long-tems que nous ne nous sommes vus.

VENTRE-A-TERRE.

Je n'peux pas, mam'zelle! un fiacre, c'est comme l'soleil, faut qu'il roule pour tout l'monde. J'ai une pratique qui m'a donné rendez-vous aux Champs-Élysées : c'est quel-

que partie fine, y aura un bon pour boire, et par état
je n'peux pas y manquer. A ce soir, mon adorable!.. Allons,
la Giraffe, l'Efflanqué! haut le pied, sans vous commander.... A l'avantage mes bourgeois.

(Il sort.)

SCÈNE VI.

Les Mêmes; ensuite BONTEMS.

ALBERT, apercevant Bontemps au-dehors.

Eh! voilà ce cher Bontemps.

TOUS.

Le voilà! le voilà!

BONTEMS, gaîment.

Air : Lorsque le Champagne.

Au doux bruit d'un verre,
D'un verre de vin
   Tout plein,
Moi, soudain j'enterre
Humeur et chagrin!

Coquette modèrne
Nous trompe et nous berne;
Dans le vieux Sauterne
Noyons notre douleur.
Pour une équivoque,
Qu'un fat nous provoque,
Ce qui l'interloque
Et calme sa fureur...
C'est le bruit d'un verre,
D'un verre de vin
   Tout plein,
Qui change la guerre
En joyeux festin.

Quand, avec la Parque
Il faut qu'on s'embarque,
Sujet et monarque,
Chacun fait le traînard :
Plus d'un boiteux cloche
Pour gagner le coche;
Mais au lieu de cloche,
Pour sonner le départ...
Que le bruit des verres
Soit le signal... et soudain,
Vous n'en verrez guères
Rester en chemin.

TOUS, EN CHOEUR.

Que le bruit des verres, etc.

BONTEMS.

Bon jour, Charles, bon jour mes amis; vous le voyez, j'arrive tout couvert de gloire et de poussière.

(*Il s'essuie avec son mouchoir.*)

CHARLES.

Et notre jeune compositeur ?

BONTEMS.

Ne l'attendez pas; il ne viendra pas : il finit le dernier acte de mon opéra-comique. Oh! mes amis, quelle musique!.... du Grétry tout pur.

CHARLES.

Aujourd'hui, ce n'est pas une très-bonne recommandation.

BONTEMS.

Qui dit cela ?

AIR : *Femmes voulez-vous éprouver ?*

D'autres, par leurs brillans accords,
Pourront captiver le parterre;
Mais, malgré leurs bruyans efforts,
Ce règne ne durera guère.
A leurs yeux Grétry prend son vol,
Et sa musique noble et pure,
Comme le chant du rossignol,
Sera toujours dans la nature.

CHARLES.

Chansons que tout cela.

ALBERT.

Ah! ah! il paraît que j'ami Charles a de l'humeur... Jalousie de métier, je parie; monsieur compose des contredanses.

BONTEMS.

Oh! non, ce n'est pas cela, monsieur est amoureux.

TOUS.

Amoureux?

BONTEMS.

Voyez comme cela lui donne l'air.... N'est-ce pas?

JULIENNE , *à part.*

C'est sûr qu'il a cet air-là.

(*Elle sort par la grille.*)

BONTEMS.

Oui, messieurs, nous sommes amoureux!

CHARLES.

Bontems !

BONTEMS.

Allons, Monsieur, il ne faut pas rougir pour cela!..
C'est un malheur qui peut arriver aux plus honnêtes gens ;
et tous ceux qui verront Adelina...

ALBERT.

Adelina !le joli nom !

BONTEMS.

Elle est encore mieux que son nom... je vous le certifie!..
Je l'ai vue deux ou trois fois aux Tuileries. (*D'un ton sen-
timental et comique.*) Elle était dans une pension où nous
allions donner des leçons de musique ; les accens de notre
voix l'ont attendrie... et nous sommes aimés, n'est-ce pas
Charles? (*Brusquement.*) Allons, dis donc que tu es aimé?
que diable, quand on te le demande!

CHARLES, *avec humeur.*

A quoi cela m'avancera-t-il ? puisque son oncle ne veut
pas entendre parler de moi.

BONTEMS, *aux autres.*

Ah ! c'est vrai, nous avons un oncle barbare, un M. Dubourget, petit marchand de drap... bourru... grondeur...
tout pétri de préjugés... et qui, sur notre réputation d'artiste,
nous a refusé net.

CHARLES.

Il prétend que je vois mauvaise société !..

BONTEMS.

Et il ne nous quitte pas... Je vous demande un peu...
(*A Charles.*) Mais sois tranquille, mon petit Amphyou ; je
me suis déclaré ton protecteur, je vous marierai, morbleu !

CHARLES.

Et comment cela ?

BONTEMS.

Comment ?.. je n'en sais rien.

CHARLES.

Tu n'as trouvé aucun moyen ?

BONTEMS.

Non : mais avec de la patience... et du Champagne, cela
viendra.

CHARLES.

Cependant, elle va en épouser un autre.

BONTEMS

Allons, allons, calme-toi... Tant qu'elle n'est pas mariée, il n'y a rien de perdu... et elle serait même mariée

qu'il n'y aurait pas encore à se désoler !.. parce que
vois-tn...

CHARLES, *impatienté*.

Tu es insupportable !

BONTEMS.

C'est que je suis à jeun ! C'est un état contre nature...
Allons déjeûner !

SCÈNE VII.

LES MÊMES, JULIENNE, PINCEFORT.

JULIENNE, *entrant*.

Par ici, monsieur... Voilà notre jeune maître.

BONTEMS, *à ses amis*.

Qu'elle est cette figure grotesque ?

JULIENNE, *bas*.

C'est un invité, sans doute.

CHARLES.

Du tout, je ne le connais pas... (*à Pincefort*.) Qu'y a-
t-il pour votre service, Monsieur ?

PINCEFORT, *d'un ton mielleux*.

C'est à M. Charles Raymond que j'ai l'honneur de
parer.

BONTEMS, *s'approchant*.

Non, Monsieur, c'est moi !

CHARLES, *bas*.

Mais, Bontems !..

BONTEMS, *de même*.

Laisse-moi faire ! ne-sommes-nous pas ici pour nous
divertir ?

PINCEFORT.

Monsieur, je suis charmé de faire connaissance avec
un artiste aussi distingué que vous !.. tel que vous me voyez.

BONTEMS.

Fort bien... Monsieur est artiste aussi...

PINCEFORT, *souriant*.

Oui, Monsieur, artiste dans mon genre.

BONTEMS.

J'entends... Monsieur est artisan.

PINCEFORT.

Non, Monsieur, je suis huissier.

TOUS.

Huissier !

CHARLES, *à part.*

Je suis perdu !

PINCEFORT.

Je me nomme Pincefort, et je viens à la requête de M.
Bonenfant, capitaliste, vous sommer de payer la somme de
500 fr., montant d'une lettre de change.

BONTEMS.

Une lettre-de change ! (*bas à Charles.*) Comment! tu fais
des lettres-de-change, malgré ce précepte si connu... Des
billets tant qu'on veut....

PINCEFORT.

Vous n'ignorez pas, Monsieur, que nous avons obtenu
sentence contre vous, et que faute de payer, je serai forcé
d'avoir l'avantage de vous saisir, et l'honneur de vous con-
duire en prison.

BONTEMS.

En prison !

TOUS.

En prison !

BONTEMS, *bas à Charles.*

Dis donc Charles, si tu voulais bien reprendre ta place.

CHALES.

Poltron !

BONTEMS.

C'est que je n'aime pas du tout la prison, moi !

AIR : *A soixante ans on ne doit pas.*

Je l'avouerai, c'est là toute ma crainte ;
Les hommes noirs m'ont toujours fait horreur !
Moi, la prison !... quand la moindre contrainte
Détruit soudain ma joie et mon bonheur.   (*bis.*)
Toujours chanter, c'est là mon seul partage ;
Or, la gaîté me donnant la santé
Et la santé me donnant la gaîté,
Comme l'oiseau ne chante pas en cage,   } *bis.*
Au vrai poète il faut la liberté.

PINCEFORT.

C'est-à-dire que monsieur n'est pas...

CHARLES.

Non, Monsieur, c'est moi qui suis Charles Raymond, et
je reconnais la légitimité de la dette.

BONTEMS.

Alors, mon ami, il faut payer.

JULIENNE.

Oui, not' maître, payez vîte!

CHARLES, *à mi-voix.*

Oui, payer... payer... Ça vous est bien facile à dire...
(*Haut.*) Monsieur, dans ce moment, quelques embarras...
des rentrées difficiles...

BONTEMS, *aux amis.*

Qui ne rentreront jamais...

CHARLES.

Vous me donnerez bien quelque temps ?

PINCEFORT.

Nous ne sommes pas des Turcs, ... monsieur, vous aurez tout le temps.... Je reviendrai dans deux heures.

CHARLES.

Dans deux heures ?

PINCEFORT.

Et faute d'espèces.... je serai contraint....

JULIENNE.

Comment, monsieur, vous auriez le courage ?... Un si
brave homme!... •

PINCEFORT, *lui caressant le bras.*

Hélas! ma chère enfant.

AIR : *Vaudeville de M. Guillaume.*

A mon devoir il faut que je me livre;
Je prendrai tout, meubles, chaises, bijoux.

JULIENNE.

Vraiment, vous ne savez pas vivre!

PINCEFORT.

Je sais fort bien mon métier, voyez-vous,
(*Montrant son dos.*)
Et du destin je brave tous les coups.
(*Lorgnant Julienne.*)
Oui, je bénis cette heureuse saisie;
J'y prends d'avance un plaisir singulier,
Surtout, monsieur, si mam'zell fait partie
De votre mobilier. (*bis.*)

BONTEMPS, *lui frappant sur l'épaule.*

Et galant par-dessus le marché!..... C'est un homme
charmant ; et si jamais je me fais saisir, je veux que ce
soit par lui.

Ier CONVIVE, *idem.*

Moi aussi !

ALBERT , *idem.*

Moi aussi !

PINCEFORT , *se frottant l'épaule.*

Je suis touché ! Quel est l'état de ces messieurs ?

BONTEMPS.

Poëte !

ALBERT.

Peintre !

UN CONVIVE.

Musicien !

PINCEFORT.

Poëte, peintre, musicien ! .... Il n'y a que patience à prendre... Il est à parier que nous nous verrons bientôt... (*Saluant*) J'ai bien l'honneur.... (*Il sort.*)

TOUS.

Au diable !

SCENE VIII.

LES MÊMES, *excepté* PINCEFORT.

BONTEMS.

Il se moque de nous encore !

CHARLES.

Ah ! mes amis..... quel embarras ! Vous allez être bien étonnés... je n'ai pas un sou.

BONTEMPS.

Pardi !.... c'est le contraire qui m'aurait surpris... mais heureusement nous sommes là !... Julienne !

JULIENNE.

Monsieur.

BONTEMPS.

Allez préparer le dîner.

JULIENNE.

Oui , Monsieur, j'y vas. (*En sortant.*) Songer à dîner quand notre pauvre maître ! ... (*Elle entre dans la maison*)

BONTEMPS.

Et vous, mes amis....voici le moment de vous montrer.

AIR : *Il me faudra quitter l'empire.*

Musicien, peintre, poète,
Vous ne pouvez souffrir ici,

Que, dans une obscure retraite,
On veuille entraîner notre ami.
L'artiste n'agit point ainsi :
Toujours les fléaux les plus tristes,
Le feu, l'eau, les huissiers, les vents.
Firent briller vos nobles sentimens,
Et l'on dirait, enfin, que les artistes
Ont déclaré la guerre aux élémens.   } *(Tous reprennent.)*

ALBFRT.

Où veux-tu en venir ?

BONTEMTS.

Comment ? vous ne m'avez pas déjà compris ?... Il faut faire entre nous la somme... pour tirer d'embarras notr meilleur ami.

ALBERT.

C'e t juste.

CHARLES.

Je ne souffrirai pas....

BONTEMS.

Laisse-nous en repos !.. à charge de revanche ! Je donne l'exemple !

AIR : *Papa, je l'jure.* (des Petites Danaïdes.)

(Après avoir cherché dans ses poches)

Mais voyez un peu, par quel accident,
Je n'ai rien sur moi.

ALBERT, *se fouillant.*

Moi d'même.

BONTEMS.

Allons, cher Edmond, donne ton argent !

1ᵉʳ CONVIVE, *de même.*

Quoi! vous n'avez rien ?... Moi d'même.

BONTEMS.

Mon cher Henri, c'est donc à toi...

2ᵉ CONVIVE, *de même.*

Moi d'même.

BONTEMS, *à un autre.*

Allons, l'honneur te fait la loi.

3ᵉ CONVIVE.

Moi d'même.

BONTEMS.

D'après cela, mes amis, je voi...
Que nous sommes tous de même.

Voilà, par exemple, une aventure !...... Comment !...;.

noûs sommes tous ?... c'est un peu fort !... mais du moins si la fortune nous manque.... le génie nous reste !... Il m'inspire, et Charles aura ses cinq cents francs.

CHARLES.

Que veux-tu faire ?

BONTEMS.

Donne-moi carte blanche, et je réponds de tout... Mes amis !... mes chers amis !.... je compte sur vous pour me seconder dans le projet le plus hardi !.. Suivez-moi tous !

AIR *de la walze de Robin des Bois.*

Il ne faut pas beaucoup d'adresse ;
Car, pour chasser un créancier,
Le plus sûr moyen qu'on connaisse,
Mes amis, c'est de le payer.

(*A Charles.*)
Bannis une crainte cruelle ;
Ta fortune, comme l'éclair,
Va prendre une face nouvelle.
CHARLES, *montrant les joues de Bontems.*
Que n'est-ce la tienne, mon cher !

BONTEMS.

Pas mal ! pas mal ! en vérité, pour un compositeur.

ENSEMBLE.

Il ne faut pas beaucoup d'adresse, etc.

(*Les amis sortent.*)

SCÈNE IX.

CHARLES, *seul.*

Que diable va-t-il faire ?.... Je veux mourir si je comprends... Je n'ai pas grande confiance dans les inspirations d'un fou ; je ferai mieux de chercher moi-même les moyens de m'en tirer.... Cinq cents francs.... ici, les voisins !..... On ne me connaît pas.... Impossible d'emprunter. Courir à Paris !... on m'y connaît trop... Un musicien !... s'adresser à mon oncle, c'est peine perdue et l'irriter d'avantage contre moi..... Morbleu ! il serait un peu dur cependant.

JULIENNE, *dans la coulisse.*

C'est affreux ! c'est abominable ! je vais le dire à monsieur.

CHARLES.

Qu'est-ce encore ?

SCÈNE X.

CHARLES, JULIENNE.

JULIENNE.

C'est un horreur! ça ne s'est jamais vu! Et dire que ce sont des amis!

CHARLES.

Qu'ont-ils fait?

JULIENNE.

Ce qu'ils ont fait, monsieur?.. ils ont dégarni les chambres, ils enlèvent le mobilier et le roulent dans l'escalier, au risque de tout briser!.. Si c'est comme ça qu'ils payent vos dettes... J'ai voulu m'y opposer...; bah!.. l'un m'a pris par le bras, l'autre m'a embrassée... Je n'ai eu que le temps de m'enfuir; tenez, tenez, regardez plutôt! votre oncle va être furieux!

SCÈNE XI.

LES MÊMES, BONTEMS, LES AMIS.

(Les amis et Bontems apportent des tables, des chaises, un bureau, qu'ils placent au fond et sur les côtés.)

CHOEUR.

AIR *du Maçon.*

Travaillons, (*bis.*)
Garçons,
En diligence!
Que l'ouvrage commence,
Et nous réussirons.
Travaillons,
Et nous réussirons.

BONTEMS.

C'est ça! les tables, les bureaux, les chaisses, tout le mobilier.

CHARLES.

Mais, mon cher Bontems, ce remue-ménage...

BONTEMS.

Ça ne te regarde pas.

CHARLES.

Comment! la maison de mon oncle?

BONTEMS.

Raison de plus... est-ce qu'un neveu doit se mêler de
ces détails là?.. Il n'y a pas assez de chaises. (*Parlant à
la fenêtre dn premicr*) Henri, envoie-nous quelques
chaises !

CHARLES.

Mais, malheureux! le mobilier est à mon oncle, et si
vous ne le ménagez pas plus que ça.

BONTEMS.

Le mobilier est à ton oncle, il fallait donc le dire...,
(*criant*) Henri, jette les chaises par la fenêtre pour que ça
aille plus vîte !

CHARLES.

Corbleu !

JULIENNE.

Il ne manquait plus que ça !
(*On jette plusieurs chaises qu'un ami reçoit.*)

CHARLES.

Ils vont tout briser !

BONTEMS, *criant.*

A présent, du linge!.. Henri, du linge, et le plus beau
surtout.

1ᵉʳ CONVIVE, *à la fenêtre, jetant un paquet de serviettes.*
Voilà.

(*Bontems les ramasse.*)

CHARLES.

Vous m'expliquerez peut-être....

BONTEMS, *sans écouter Charles.*
Des verres! de la vaisselle !

JULIENNE.

Ah! mon dieu! est-ce qu'ils vont aussi la jeter par la
fenêtre?

CHARLES.

Par exemple, Bontems, c'est trop fort, et je ne souffrirai pas...

BONTEMS, *criant.*

Maintenant ouvrez l'armoire de l'argenterie..., à droite
dans la grande chambre.

CHARLES.

Allons! ils ne respectent rien... Il faut que je monte, ou
ils mettraient tout sens dessus dessous.

(*Il sort.*)

CHOEUR.

Travaillons, (*bis.*)
Garçons, etc.

SCÈNE XII.

Les mêmes, ALBERT, *tenant un petit volet qu'il a démonté, et sur lequel il a peint un enseigne représentant un Bacchus.*

ALBERT, *en manches de chemise, les bras retroussés et ses pinceaux dans la bouche.*
Finis coronat opus! Mes amis, un vrai Raphaël jeté en cinq minutes.

LES AUTRES.

Voyons! voyons!

ALBERT, *le posant de côté.*

Attendez que je le place dans son jour.

JULIENNE.

Dieu me pardonne, c'est le volet de ma chambre qu'ils ont démonté.

ALBERT.

Voilà!

BONTEMS, *regardant aussi.*

Comment diable! un vrai chef d'œuvre! un Bacchus magnifique; ses joues rubicondes donneraient envie de goûter de son vin!

JULIENNE.

Dieu de dieu, comme ça ressemble à M. Bontems.

ALBERT.

Je crois bien, j'ai pensé à lui en le faisant.

BONTEMS.

C'est une attention délicate, dont je te remercie : prendre ma figure pour une enseigne!

JULIENNE.

Une enseigne!

ALBERT.

Maintenant l'explication du tableau : *Au triomphe de Bacchus, bon vin et bonne chère.*

BONTEMS.

Ne t'avise pas de mettre l'ortographe au moins, ça nous trahirait!

ALBERT.

Sois tranquille... j'ai étudié le style en plein vent.

BONTEMS.

« *Billard, jeu de quilles, bal champêtre ; l'orchestre
sera conduit par un artiste distingué de la capitale.* » Ce
sera Charles. Il doit y avoir dans ce pays un cordonnier,
nous lui emprunterons son violon.

JULIENNE.

Justement notre voisin, le père Tranchet, en joue.

BONTEMS.

J'en étais sûr... Albert, va finir ton enseigne, ensuite tu
la poseras à la porte... N'oublies pas la formule d'usage !

ALBERT.

Non, *une mise soignée est de rigueur !*

(*Il sort avec ses amis.*)

SCENE XIII.

BONTEMS, JULIENNE.

BONTEMS.

C'est parfait !

JULIENNE.

Qu'est-ce que ça signifie, M. Bontems ? une enseigne à
notre porte ? Est-ce que vous avez envie qu'on prenne la
maison pour un cabaret ?

BONTEMS.

C'est toi qui l'as nommé, ma charmante, c'est un cabaret ; mais un cabaret de bon genre ; un restaurant, enfin, à
l'instar de ceux de Paris, que les gens à la mode seront en-
chantés de trouver sur leur route, car, je le sais par expé-
rence, on ne dîne bien qu'au restaurant...... C'est un lieu
de délices....... Tu ne sais pas ce que c'est ? écoute.

(*Pendant le couplet, Albert et ses amis posent l'enseigne
en dehors.*)

AIR : *Sortez à l'instant, sortez.*

Un restaurant,
Mon enfant,
Est un séjour enivrant,
Amusant,
Fort plaisant,
Où le vrai gourmand
Se rend
Pour goûter l'enchantement
D'un sorcier en bonnet blanc,
Qui nous vend

Chèrement
Les œuvres de son talent.
Dès que l'heure sonne,
Le fourneau bouillonne,
Et la foule paraît
Ayant le nez en arrêt.
Le célibataire
Lorgne l'écaillère,
Et lui dit, en passant :
Une douzaine... à l'instant !
Alors, dans le grand salon,
Chacun s'installe selon
Son désir,
Son plaisir ;
Enfin chacun peut choisir.
Cet Anglais, qui craint le feu,
Au fond se retire un peu ;
Près du poële embrâsé,
Ce poète s'est câsé.
Mais, tandis que j'étudie
La carte... œuvre de génie !
Quelle nymphe, si jolie,
Se glisse en secret ?...
J'entends sa voix douce et claire...
C'est la femme du notaire,
Qui, pour elle et pour son frère,
Veut un cabinet...
Bientôt, à l'œil rembruni,
Un monsieur,... c'est le mari,
Vient, cherchant,
Et lorgnant,
Entrant,
Sortant,
Demandant :
« *Ce cabinet?* — Est complet.
» — *Celui-ci?*
» — Il l'est aussi. »
Le garçon entrera ;
Dès qu'on le demandera.
Alors la parole
De tous côtés vole :
L'Anglais veut un bifteck ;
Un brave veut du vin grec...
L'époux sollicite
Des goujons bien vîte,
Et là, tout boursoufflé,
Un Turc attend un soufflé.
Le Bordeaux
Se verse à flots ;
Le Champagne roule
Et coule ;
Les garçons
Des flacons
Pouf !... font sauter les bouchons ;

> Les assiettes,
> Les fourchettes,
> Les couteaux, et les sonnettes
> Et les plats.
> Quel fracas!
> Vraiment, on ne s'entend pas.
> La demi-tasse brûlante
> Rend la gaîté moins bruyante,
> C'est l'instant où l'on présente
> Le prix du dîner...
> Le dîneur fait la grimace,
> Achève sa demi-tasse,
> Paie... et, désertant sa place,
> Va se promener....
>
> Voilà comme un restaurant
> Est un séjour enivrant, etc.

La fête de ce village va nous amener la moitié de Paris, la basse-cour de notre oncle est superbe, le garde-manger est bien garni, la cave est immense ; tu vas cueillir de la salade, des fruits dans le jardin, voilà pour le solide ! La balançoire pour les dames, le bal pour les petites filles, et des quilles pour les papas, voilà pour l'agrément ! (*A demi-voix.*) Sans oublier les cabinet particuliers.... Que le beau tems se soutienne, et avant deux heures, les cinq cents francs de Charles sont payés.

JULIÉNNE.

Et vous croyez que je permettrai?...

BONTEMS.

Elle croit que nous allons demander sa permission pour ça. Voyez-vous la servante maîtresse ? Tout ce que je puis faire pour toi, ma petite, c'est de te promettre une dot, si tu veux nous seconder.

JULIENNE, *s'adoucissant.*

Une dot, monsieur Bontems? Eh! mon dieu, serait-il possible? Ah ça, vous ne me la garantissez pas sur vos pièces, n'est-ce pas ?

BONTEMS.

Diable ! tu aimes tes sûretés.

JULIENNE.

Dam !... c'est que j'entends dire toujours que ça ne vaut rien.

BONTEMS.

Eh bien.... sur ma parole.

JULIENNE.

C'est plus sûr....... et à ce prix-là j'suis des vôtres. Me

v'là servante de cabaret. Au fait, ce n'est qu'une plaisanterie bien innocente. Ah ça , j'vas cueillir toutes les romaines et tous les artichauds du potager.

BONTEMS.

C'est cela, rafle partout; remplis les caraffes, allume les fourneaux et ouvre l'autre porte pour que les chalands puissent circuler dans les salles que nous avons préparées. (*Julienne fait une fausse sortie.*) Ah! Julienne.

JULIENNE , *revenant sur ses pas.*

Monsieur Bontems.

BONTEMS.

N'oublies pas le violon du cordonnier.

JULIENNE.

Oui, monsieur..... Ah! ben, par exemple , ça sera t'y farce! des beaux messieurs de Paris en marmitons et en ménétriers.

(*Elle sort.*)

SCÈNE XIV.

• CHARLES, BONTEMS.

CHARLES.

Nos amis viennent de m'expliquer ton idée, elle est originale.

BONTEMS.

Comme toutes celles que j'ai.

CHARLES.

Mais tu vas encore irriter mon oncle contre moi.

BONTEMS.

Je me charge de tout. Tu sais que tu diriges le bal.

CHARLES.

Faire jouer un des premiers violons de l'Opéra avec un instrument de village.

BONTEMS.

Eh! mon cher ami, Orphée eut joué avec un violon d'aveugle, en pareille circonstance.

AIR : *Faut d la vertu.*

On n'est point pendu pour cela,   } *bis.*
Témoins messieurs de l'Opéra.
Le champ aigu de la linotte
Au rossignol succédera;

Peut-être quelque fausse note
Sous ton archet arrivera...
On n'est point pendu pour cela,
Témoins messieurs de l'Opéra.　　　　} bis

Tandis que vingt danseurs comiques
Vont s'en donner avec ardeur,
Peut-être tes accords magiques
Endormiront le spectateur...
On n'est point pendu pour cela,
Témoins messieurs de l'Opéra.　　　　} bis.

CHARLES.

Mauvais plaisant !

SCÈNE XV.

Les Mêmes, ALBERT avec ses Amis, ensuite DEUX Promeneurs.

BONTEMS.

Eh bien ! Albert, notre enseigne fait-elle un bon effet ?

ALBERT.

Un effet prodigieux !... Je suis presque fâché de ne l'avoir pas gardée pour l'exposition. C'est un morceau de verve, d'une chaleur.... Tout le monde s'arrête le nez en l'air, la bouche béante... Cette enseigne là nous fera du tort, mes amis.

BONTEMS.

Pourquoi donc ?

ALBERT.

Ils resteront tous en dehors pour l'admirer, et pas un n'entrera.

BONTEMS, *voyant arriver deux personnes.*
Laisse donc, en voici déjà deux.

PREMIER PROMENEUR, *se plaçant à la table qui se trouve à l'entrée.*

Garçon !

BONTEMS, *qui a mit une serviette devant lui.*
Voilà.

DEUXIÈME PROMENEUR , *idem.*
Une bouteille !

PREMIER PROMENEUR.

A douze.

BONTEMS , *à part à ses amis*
Du vin à douze, de la cave de notre oncle ! Je n'avais pas songé à cela moi.

DEUXIÈME PROMENEUR,
Allons, garçon, plus vite que ça.

BONTEMS.

Corbleu! (*Avec une grimace.*) Ces messieurs vont être servis sur le champ. (*Les autres apportent une bouteille et deux verres. A Albert.*) As-tu mis de l'eau dans les bouteilles?

ALBERT, *bas.*

Les trois quarts,

BONTEMS, *de même en riant*

Ç'est assez; il ne faut pas gâter le métier.

CHARLES.

Oui, mais du Clos-Vougeot à douze sous!... s'il en vient beaucoup, nous ferons un joli commerce!

BONTEMS.

Nous nous rattraperons sur la quantité et sur les gens à équipages; et puis, dès que la maison sera en crédit, nous triplons les prix, nous mettons le double d'eau dans notre vin, et nous avons la vogue.... C'est toujours comme ça à Paris... Nous, Charles, allons rédiger la carte... avec autant d'aplomb et de gravité qu'il en faut pour rédiger un article de journal!... Une carte et une gazette... ça se ressemble quelquefois!

AIR *des Rendez-vous.*

Sur la carte on voit d'ordinaire
Des mets assaisonnés fort mal...
On trouve très-souvent, j'espère,
Des mots sans sel dans un journal...
Et l'ont voit même, sans bésicles,
Que tous deux, pour nous attirer,
Renferment souvent des articles

(*Faisant semblant d'étouffer.*)

Difficiles à digérer.

CHARLES.

C'est vrai, monsieur l'auteur tombé,

BONTEMS.

Voici justement une voiture qui s'arrête à la porte de notre restaurant; Albert, tu vas recevoir.

(*On entend appeler dans la coulisse*) Garçon! garçon!

BONTEMS.

Bien : nos salles se remplissent. (*En sortant avec les autres.*) On y va! on y va!

SCÈNE XVI.

ALBERT, DUBOURGET, ADELINA, VENTRE-A-TERRE,
à moitié ivre.

DUBOURGET, *en dehors.*

Là! là! cocher, arrête donc!

VENTRE-A TERRE, *de même.*

Mais, monsieur, ce n'est pas un cabaret!

DUBOURGET, *entrant avec Adelina.*

Comment, imbécille! est-ce que j'ai la berlue?... ce n'est pas un cabaret! et l'enseigne qui est à la porte! une enseigne superbe!

VENTRE-A-TERRE.

Ça n'dit rien, not' bourgeois, parce que, d'abord, sans vous commander... *à bon vin point d'enseigne.* Mais je suis sûr qu'c'est un' maison bourgeoise... oùsque j'ai conduit encore à c'matin des particuliers très-connus.

ALBERT, *se cachant la figure avec sa serviette.*

Oh! notre cocher!

DUBOURGET.

Et ces tables disposées sous ces berceaux? et ces buveurs? regarde donc, ivrogne!...

VENTRE-A-TERRE, *se frottant les yeux.*

C'est ma foi vrai... il y a des buveurs et des bouteilles .. ça serait donc un nouveau cabaret?... moi qui les connais tous.

DUBOURGET.

C'est bien; va remiser tes chevaux; nous nous arrêterons ici.

ADELINA.

Ici, mon oncle?

DUBOURGET.

Oui, ma chère Adelina; ça paraît très-gentil, très-propre; et, comme c'est notre route pour aller au-devant de ton futur....

ALBERT, *à part.*

Adelina... son futur!... est-ce que ce serait?...

DUBOURGET, *à Ventre-à-Terre.*

Eh bien! m'as-tu entendu? nous repartons dans deux heures.

VENTRE-A-TERRE.

C'est dit, not' bourgeois. (*A part.*) c'est drôle, quoique ça... j'aurais juré que c'était la même maison... faut que ce

soit le numéro d'à côté... C'est fini... je n'veux plus boire...
que pour ma soif. . c'est ça qui me dérange l'optique.....
Je prendrai bientôt la rivière pour un chemin battu.

DUBOURGET.

Appelle le chef, que nous commandions notre dîner.

VENTRE-A-TERRE, *en s'en allant.*

Hoé! la maison! sans vous commander.

SCÈNE XVII.

LES MÊMES, BONTEMS, *une serviette sous le bras.*

BONTEMS.

Voilà! voilà!

VENTRE-A-TERRE.

Tiens! c'est mon ancien maître... monsieur...

BONTEMS, *vivement, bas.*

Veux-tu bien te taire... drôle...

VENTRE-A-TERRE.

Qu'est-ce qu'il lui a pris de se faire cabaretier... le commerce de l'Opéra... est donc tombé dans les ornières...

BONTEMS.

Tais-toi et va te mettre à table là-bas... j'irai te servir
et te parler.

VENTRE-A-TERRE.

C'est dit, il y a quelque manigance là-dessous, c'est sûr.

(*Il sort.*)

BONTEMS, *à Dubourget.*

Et vous, monsieur, que voulez-vous? un dîner de corps?
un repas de noces? le salon de cent couverts? (*Bas à Albert.*)
Mais, je ne me trompe pas... c'est la petite Adelina, la
maîtresse de Charles!

ALBERT, *de même.*

Je m'en doutais; ils vont au-devant du futur.

BONTEMS, *bas.*

Chut! (*Haut à Dubourget.*) Que servira-t-on à monsieur?... Monsieur peut commander tout ce qu'il lui plaira!...
Voici la carte du jour.

DUBOURGET, *regardant avec ses lunettes.*

Voyons, Adelina, qu'est-ce que tu aimes?

ADELINA.

Cela m'est indifférent.

DUBOURGET.

Bah! bah! il faut faire une petite débauche! (*Lisant.*)

« Salmis de perdreaux... matelotte d'anguilles... » C'est ce
que j'aime le mieux.

BONTEMS, *secouant la tête.*

Hum ! ça sera un peu long, monsieur.

ALBERT, *à part.*

Je crois bien, l'anguille nage encore.

BONTEMS.

Mais j'ai là une petite volaille froide.

DUBOURGET.

Non, non, je voudrais quelque chose de plus léger.

BONTEMS.

Une tranche de pâté de foie gras?

DUBOURGET.

Non, non, un vol-au-vent.

BONTEMS.

Désolé ! on vient de manger le dernier à la minute !...
mais j'ai idée qu'une petite volaille froide, bien tendre?

DUBOURGET.

Je ne dis pas... avec une croûte aux champignons.

BONTEMS.

Pour cela vous ne pouvez pas mieux tomber! (*montrant
Albert*) Voilà un gaillard qui fait les croûtes dans la per-
fection !... il ne fait même que ça!

ALBERT, *bas.*

Que le diable t'emporte !

DUBOURGET.

Et puis quelque friandise.

BONTEMS.

Une salade de romaine ?...

DUBOURGET.

Qu'est-ce que vous dites donc ?... une omelette soufflée!

BONTEMS.

Ah ! une omelette soufflée ?

DUBOURGET.

Oh ! ça, par exemple, j'y tiens, je la veux!

BONTEMS, *avec aplomb.*

Vous en aurez une !

ALBERT, *à part.*

Et comment t'y prendras-tu ? tu ne sais pas même faire
des œufs sur le plat !

BONTEMS, *bas.*

C'est égal, j'inventerai quelque chose d'approchant....

une omelette au lard... quand elle sera faite, il faudra bien
qu'il la mange! (*Criant aux amis*) Le couvert de monsieur dan- ce cabinet particulier. (*Il indique le pavillon.*)
Monsieur et madame seront fort bien là... par exemple, on
y paie double, mais c'est plus commode!

DUBOURGET,

Faites-nous donc dîner, au lieu de parler, impitoyable
bavard!

BONTEMS.

C'est juste; nous ne sommes pas ici pour faire des phrases,
mais des omelettes soufflées... Je connais mon métier... et
vous allez être servi à l'instant même. (*Dubourget et Adelina entrent dans le pavillon.* (Allons avertir Charles, et
faire ensorte que le cocher ne puisse plus repartir.

(*Il sort.*)

SCÈNE XVIII.

DUBOURGET, ADELINA, *dans le pavillon.*

DUBOURGET.

Quelle attention délicate pour les consommateurs!... une
bibliothèque dans un cabinet particulier! nous serons parfai-
tement ici!

ADELINA.

Ici... ailleurs!... peu importe!

DUBOURGET.

Allons, allons! voilà votre tristesse revenue!... vous pensez encore, je le vois, à votre petit monsieur de l'Opéra...
mais c'est comme si vous chantiez... Voyons, mademoiselle,
voulez-vous bien n'être pas si triste et me parler un peu, ne
fut-ce que pour m'empêcher de dormir! vous savez que la
chaleur et l'appétit produisent sur moi cet effet là.

SCÈNE XIX.

LES MÊMES, CHARLES, *un violon à la main.*

CHARLES, *s'approchant du pavillon.*

Adelina ici avec son oncle!... si je pouvais lui parler.

DUBOURGET.

Mais, voyez si ces maudits garçons nous serviront!...
Garçon! garçon!

ADELINA.

Si vous lisiez, mon oncle, en attendant.

DUBOURGET.

C'est-çà... pour m'endormir plus vîte.

CHARLES.

Voici justement le violon du bal... tâchons de m'en faire reconnaître en chantant comme ces musiciens ambulans que l'on voit à la porte de tous les cafés... (*Il accorde le violon,*) détestable !

DUBOURGET.

Ah ! ah ! de la musique !... à la bonne heure !... j'aime la musique, surtout à la campagne !... ce n'est pas comme à ces théâtres de Paris, où ils jouent tous faux, et avec une prétention ! (*il bâille.*)

ADELINA, *à part avec un soupir.*

Mon pauvre Charles ! s'il savait où je suis en ce moment ! il ne se doute pas... (*Charles joue la ritournelle.*)

DUBOURGET, *tout en s'endormant.*

Ah ! ah ! une romance !

CHARLES.

AIR *nouveau de Miller.*

Sous la fenêtre de sa belle
Quand le malheureux troubadour,
Après une absence cruelle,
Fait entendre doux chant d'amour,
Malgré le jaloux qui l'enchaîne,
S'échappant dans l'obscurité,
D'un seul regard, la châtelaine
Vient payer sa fidélité.　　} *bis.*

ADELINA, *regardant à la fenêtre.*

C'est lui !... c'est Charles !... et mon oncle dort. (*Elle sort du pavillon.*)

CHARLES, *courant à elle.*

Chère Adelina !

SCÈNE XX.

LES MÊMES, BONTEMS, *accourant;* ensuite ALBERT.

BONTEMS.

Oh ! les imprudens ! Eh ! vîte, vîte, garçon ! voilà une voiture bourgeoise qui vient par-là, que tout le monde soit à son poste.

CHARLES.

C'est juste !

ADELINA.

Que signifie ?

BONTEMS.

Et vous, mademoiselle, veuillez entrer sous ces berceaux;
vous y trouverez Julienne... surtout ne paraissez que lorsque
je vous appellerai...

ADELINA.

Mais, monsieur....

BONTEMS, *la faisant entrer dans un bosquet.*

Songez qu'il y va du bonheur de Charles et du vôtre....
Toi, mon cher Albert, arrange doucement cette table,
comme si monsieur Dubourget avait dîné... trois bouteilles
vides, des débris, la demi-tasse, le petit verre, et viens
nous rejoindre.

ALBERT.

Le service sera bientôt fait. (*Les autres amis l'aident;
ils mettent une serviette sous le menton de Dubourget,
qui dort toujours.*)

BONTEMS, *à mi-voix.*

AIR : *Folie !*

Folie ! folie !
Doux charme de la vie,
Folie ! folie !
Accours
A mon secours.
Sage que j'honore,
Dans mainte leçon,
Viendrez-vous encore
Vanter la raison.

Folie ! folie !
Accours
A mon secours !

ENSEMBLE.

Folie ! folie !
Doux charme de la vie, etc.

(*Ils sortent.*)

SCÈNE XXI.

RAYMON, DUBOURGET, *toujours endormi.*

RAYMOND.

Ces gens d'affaires sont d'une négligence aujourd'hui...
Comme si ce monsieur ne pouvait pas me faire dire que

l'assemblée chez le notaire était renvoyée au mois prochain...
me déranger ainsi... Ma course, du moins, n'a pas été inu-
tile... toutes les dettes de mon pauvre Charles sont payées...
mais, corbleu, qu'il n'en fasse plus de nouvelles, car jamais...
Reposons-nous un moment dans ce pavillon; j'ai marché si
vîte, et il fait si chaud! (*Il aperçoit Dubourget.*) Que
vois-je? et que fait là ce monsieur devant cette table?... Il
me paraît bien étonnant qu'on ose chez moi... Monsieur!
monsieur!

DUBOURGET, *se réveillant.*

Hein? qu'est-ce que c'est? qui est-ce qui m'appelle?

RAYMOND.

Il paraît que monsieur a l'habitude de faire sa méridienne
après dîner.

DUBOURGET.

Comment! après-dîner? qu'est-ce que cela signifie?

RAYMOND.

Je crois m'apercevoir que monsieur a fait fête à mon vin...
Comment, trois bouteilles... il est vrai que voilà un second
couvert.

DUBOURGET.

En effet... ma nièce était là ... qu'est-elle devenue? holà!
garçon! garçon!

RAYMOND, *se fâchant.*

Eh bien! on dirait que monsieur se croit à l'auberge.

DUBOURGET.

Non, monsieur, je me crois au cabaret.

RAYMOND.

Au cabaret!... c'est un peu fort, par exemple!... Vous
êtes chez moi, monsieur!

DUBOURGET.

Chez vous? je le veux bien, si vous êtes le maître de ce
maudit restaurant.

RAYMOND.

Encore!

DUBOURGET, *appelant.*

Adelina! Adelina! garçon! garçon!

SCÈNE XXII.

LES MÊMES, BONTEMS, LES AMIS.

BONTEMS, *plusieurs papiers à la main.*

Voilà! voilà! (*Aux amis.*) Portez la carte à payer à tout

le monde. (*Les amis prennent les cartes et se divisent en sortant.*) (*A Dubourget.*) Que désire monsieur? est-ce qu'il ne serait pas content du dîner? (*Apercevant Raymond.*) Ciel! que vois-je? notre cher oncle! (*Il veut s'enfuir, Raymon le retient.*)

RAYMOND.

Me direz-vous, monsieur Bontems, ce que cela signifie?

BONTEMS.

Tout-à-l'heure, monsieur; le plus pressé c'est de faire payer la carte à monsieur.

DUBOURGET.

Il n'est pas question de cela, monsieur?

BONTEMS.

Au contraire, monsieur.... c'est le point capital.... vous avez dîné, il faut payer!

DUBOURGET.

Toujours mon dîner! vous me ferez croire que *qui dort dîne.*

BONTEMS, *lui montrant la table dans le pavillon.*

Voyez plutôt les débris!

DUBOURGET, *étonné.*

C'est ma fois vrai. (*Mettant la main sur son estomac.*) Voilà un repas qui a été un train de poste, car je sens là!...

BONTEMS.

Un peu de lourdeur.

DUBOURGET.

Non, au contraire, un vide, un creux,... Mais enfin ma nièce !

BONTEMS.

Eh bien! monsieur, après votre dîner, un jeune homme, que j'ai cru votre parent, est venu la chercher dans le fiacre qui vous avait amenés, et les voilà partis!

DUBOURGET.

Les voilà partis! quoi! le malheureux cocher!

RAYMOND

Comment? un enlèvement chez moi!

SCÈNE XXIII.

LES MÊMES, VENTRE-A-TERRE, *tout-à-fait ivre.*

VENTRE-A-TERRE.

Qui est-ce qui appelle le cocher?

BONTEMS.

A l'autre !

DUBOURGET.

Qu'est-ce que vous dites donc là, monsieur le chef?

BONTEMS.

Ma foi, si ce n'est pas avec celui-là, c'est avec un autre.

VENTRE-A-TERRE.

Vous voyez, monsieur Bontems, comme je me suis arrangé pour ne pas marcher; je défie qu'on me fasse faire un pas... je roule tout de travers.

DUBOURGET.

C'est un complot infâme!... ce malheureux cocher m'a conduit dans un guêt-à-pens. Mais, si ma nièce est enlevée... j'en tirerai une vengeance exemplaire.

RAYMOND.

En effet, monsieur Bontems; ceci passe la plaisanterie, et j'entends que l'on m'explique à l'instant tout ce mystère...

BONTEMS.

Il est bien simple, monsieur... Charles aime la nièce de M. Dubourget, que voilà.

RAYMOND.

M. Dubourget!... Comment, monsieur, c'est vous...

DUBOURGET.

Oui, monsieur, c'est moi-même.

RAYMOND.

Monsieur, tout peu s'arranger à l'amiable; et, d'après les renseignemens honorables que je viens de prendre, à Paris, sur mademoiselle votre nièce, je m'estimerai trop heureux...

DUBOURGET.

Certainement, monsieur..... je suis flatté qu'un homme aussi respectable...

BONTEMS.

Oh! monsieur, un homme sans façon..... sa fortune est assez brillante; elle sera toute pour Charles... Cette petite maison des champs est fort agréable, comme vous voyez.... il y aura toujours un appartement pour vous, et quant à la cave de monsieur, vous venez d'en avoir un échantillon.

RAYMOND, *avec contentement.*

N'est-ce pas que mon vin est bon?

DUBOURGET.

Certainement, pour le vin... mais enfin ma nièce est promise!

BONTEMS,

Promise! promise!

AIR *du Hussard.*

Laissez-vous attendrir, car l'amour l'ordonne,
Nièces et neveux doivent s'engager;
Mais toujours, oui, toujours un oncle pardonne,
C'est un dénouement qu'on ne peut pas changer,

RAYMOND,

Qu'à cette union votre cœur souscrive;
A Charles, un jour, je dois tout donner.

DUBOURGET.

Mais le prétendu dans l'instant arrive.

BONTEMS.

On peut le prier de s'en retourner. (*bis.*)

ENSEMBLF,

Laissez-vous attendrir, car l'amour l'ordonne, etc.

*(Pendant l'ensemble, Bontems fait signe à Charles et à
Adelina de paraître.)*

SCÈNE XXIV.

LES MÊMES, ADELINA, CHARLES, ALBERT, DU-
BOURGET.

DUBOURGET.

Mais ma nièce, enfin... quand reviendra-t-elle?...
Je prétends. monsieur, la voir sur-le-champ.

BONTEMS, *à Charles et à Adelina.*

Soyez satisfait!... Belle demoiselle,
Et vous, qui l'aimez d'amour si constant,
Venez nous aider pour notre dénouement.

(Adelina et Charles s'approchent.)

En chœur, mes amis!

ENSEMBLE GÉNÉRAL.

Laissez-vous attendrir, etc.

DUBOURGET.

C'est fort joli, mademoiselle, profiter du moment où je
me suis endormi, après mon dîner... car il paraîtrait que j'ai
dîné..... Mais il n'y a plus moyen de reculer, après cet
esclandre, et si M. Charles est devenu plus sage, s'il n'a
plus de créanciers...

RAYMOND.

Non, vraiment, car je les ai tous payés.

SCÈNE XXV.

LES MÊMES, JULIENNE, ensuite PINCEFORT ET DEUX
RECORS.

JULIENNE, *accourant près de Charles.*

Ah! mon Dieu! monsieur, voilà l'huissier de ce matin!

CHARLES, *à par*

Je suis perdu.

RAYMOND.

Encore un huissier.

DUBOURGET.

Ah! voilà les artistes et leur suite ordinaire.

PINCEFORT, *s'avançant avec ses gens.*

Oui, messieurs, vous savez que je vous ai promis de revenir dans deux heures, et voilà deux heures et quart.

RAYMOND.

Comment, encore une créance, Charles?

BONTEMS.

Cher oncle, ne nous fâchons pas, cette créance n'existe plus; Albert, la recette du jour!

ALBERT, *lui remettant deux petits sacs.*

La voici : sept cent cinquante francs.

BONTEMS.

Quand je disais que la dette de Charles serait payée... Par exemple, notre cher oncle, votre cave et votre basse-cour ont un peu dansé; mais demain, dans Paris, il ne sera question que de votre restaurant, et c'est bien agréable pour vous... M. Pincefort, voici votre somme; les deux cent cinquante francs qui restent seront pour le bouquet de noce de Julienne. (*Il jette l'argent à Ventre-à-Terre.*)

VENTRE-A-TERRE.

Et le bouquet sera pour moi,

RAYMOND.

Oh! les extravagans!..... Allons, en faveur de ma jolie nièce, je veux bien pardonner encore cette espiéglerie; mais que ce soit la dernière!

BONTEMS.

Maintenant, allons nous mettre à table.

DUBOURGET.

Ma foi, ce n'est pas de refus... je sens que je dînerais volontiers une seconde fois.

BONTEMS, *malignement à Dubourget.*

Dites donc, si c'est comme la première, vous n'aurez pas
d'indigestion.

BONTEMS

AIR : *Petite Coquette.*

Oncles et neveux,
Leur ivresse est votre ouvrage;
Vous comblez leurs vœux
Par ce nœud qui les engage.
Et vous, trop fortunés amans,
Bénissez votre destinée :
Le bonheur de cet hyménée
Doit s'étendre sur vos enfans;
Et vous, mes amis, en ce jour,
Chantons une union si chère,
Et que le vin coule à plein verre,
Et pour l'hymen et pour l'amour. (*bis.*)

Pour toi, Julienne,
Trempe ta julienne;
Et, sans autre antienne,
Dînons à l'instant.
Et toi, Ventre-à-terre,
Viens remplir mon verre,
Mais jamais d'eau claire,
D'un vin pétillant....

du Pomard, du Tonnerre, du Champagne, et beaucoup
de vin, car nous aurons du monde ; je me charge des invi-
tations.

(*Au Public.*)

Messieurs, quant à vous,
A pied ainsi qu'en carrosse,
De ces deux époux
Venez embellir la noce.
Oui, venez ici chaque soir;
Vous y trouverez, pour vous plaire,
Les amoureux, l'oncle et le père,
Tous attentifs à leur devoir...
Et quant à votre ami Bontems,
Toujours joyeux, toujours sensible,
Il va faire ici son possible
Pour vous donner quelque bon tems. (*bis.*)

FIN.

www.ingramcontent.com/pod-product-compliance
Ingram Content Group UK Ltd.
Pitfield, Milton Keynes, MK11 3LW, UK
UKHW021619130726
13696UKWH00005B/1962